約束の猫

The Promised Cat

村山早紀＋げみ

立東舎

目次

Contents

初出一覧
七日間のスノウ：『七日間のスノウ』（佼成出版社、1999年）
五千年ぶんの夜：『動物だいすき！ 5 ちゃっかりハムスター』（岩崎書店、2008年）
春の約束：『あなたのとなりにある不思議 ぞくぞく編』（ポプラ社、2016年）
約束の猫：書き下ろし

Seven Days for Snow

七日間のスノウ

1　子猫をひろった日

三月なのに、風がとても寒い日だった。

わたしは走ってうちに帰った。友達と大事な約束があったから。

うちにかけこむ。ママにただいまっていって、子ども部屋のふすまを開けた。

真由子お姉ちゃんがふとんの中で、本を読んでいた。

お姉ちゃんは、今日もかぜで、学校を休んだんだ。

かばんをおいて、急いで部屋を出ようとしたら、「真実、どっか、いくの？」って、聞かれた。

「ねえ、いく前に、部屋、かたづけてってくれない？」

ふたりでつかってる子ども部屋の、わたしのつくえがあるあたりが、ちらかってた。

「ごめん。今は急ぐの。また今度ね」

「だめ。真実の〝今度〟はいつもあてにならないもの。かたづけてってよ。今、ちゃんと」

お姉ちゃんのほっぺたが、ぴりぴりしてた。

だから、わたしは口ごもった。

「今日は……約束が、あるんだけど……」

ふすまがあいて、ママが顔をのぞかせた。

「どうしたの？　けんかしてるの？」

ママは、せめるみたいにわたしを見る。

「なんでもないよ」って、わたしは笑った。

「お姉ちゃんにまた、おこられちゃった。ちらかってるって。すぐにかたづけるよ。お姉ちゃんは、むこうでお茶でも飲んでてよ。ほこり立つからさ」

お姉ちゃんが、とまどったように聞いた。

「真実、でもあんた、〝約束〟って？」

「いいから、いいから」

かたづけ終わるころには、夕方になってた。途中で何回か、お姉ちゃんが手伝おうかっていってきたけど、ことわった。小児ぜんそくのお姉ちゃんには、『ほこりとストレスは、どく』なんだから。

ぜんそくの発作は怖い。夜中や夜明けごろに、となりで寝てるお姉ちゃんが、急にせきこんで、いきができなくなったりするんだ。わたしがパパとママを呼びにいくと、ふたりは走ってきて、部屋の窓を開けて外の空気を入れたり、くすりをもってきたりする。それからみんなで、お姉ちゃんがいきができるようになるまで見守るんだ。そんなときわたしは、自分もいきができなくなるような気がして、すごくくるしくなる。お姉ちゃんが元に戻って、はじめて、わたしもふつうに戻れるんだ。

お姉ちゃんに『ほこりとストレスは、どく』。

わたしだって気をつけてる。部屋にほこりは立てないこと。お姉ちゃんを疲れさせないこと。いらいらさせないこと。たまに失敗しちゃうんだけど。

わたしはうちを出て走った。

公園でクラスのみんなと待ちあわせしてるんだ。

走って走って、公園についた。

でも、もう誰もいなかった。

うす暗い公園で、わたしはためいきをついた。

明日、遠くの町に引っ越しちゃう子と、お別れにみんなで遊ぼうって、約束だったんだ。

わたしは、足元の小石をけった。

そのとき、なにか聞こえた。小さな高い声。

わたしはあたりを見回した。

つつじのうえこみのかげにダンボールがあった。

胸が、どきんとした。おそるおそる見にいく。

中にいたのは、鳴いていたのは、生まれたての真っ白な子猫だった。

わたしは北風が吹く公園で、立ちつくした。

うちにはつれて帰れない。どうぶつは、ほこりのもとだもの。

だからわたしは猫が大好きなのに、かうことができないんだ。『猫のかいかた』の本を何回も何回も読んで、それで我慢してるんだ。

いつも、子猫が捨てられているのを見ても、目をあわせないようにして、その場からにげてたんだ。

「でも、こんなに小さいの、おいていけないよう……」

北風は氷みたいにするどくて、冷たかった。
こんなところにこの子は捨てられてたんだ。
ひとりぼっちで。
わたしは、ジャンパーの中に子猫を入れた。

2　ひみつの隠れ家

うちから学校までは十分。そのちょうど真ん中のあたりに、わたしの隠れ家がある。

坂の上のお屋敷町の、木造の、小さな洋館。誰も住んでない家。

赤いれんが塀の、ツタとシダにおおわれた場所に庭に入れるあながある。

たぶん、わたし以外は誰も知らない、入り口。

わたしは子猫を抱いて、あなをくぐった。草と木がしげっている庭にでる。

白い洋館は、夕方の空気の中で、わたしを待ってたみたいに見えた。

ひみつの隠れ家。誰にもないしょの場所。

玄関の扉にはかぎがかかっていない。がらんとした板敷きの部屋には、毛布やろうそくや机代わりの木箱、それにアルコールランプなんかがおいてある。わたしが持ちこんだんだ。ろうそくはクリスマスのキャンドル。毛布と木箱はゴミ捨て場からひろってきた。アルコールランプは、うちにあった、壊れた珈琲サイフォンのだったもの。あと、ビーカー。これは学校の先生が捨てようとしてたのをもらったものだ。

たまたまみつけたこの場所でわたしはときどきひとりきりの時間を過ごす。毛布にくるまって、マンガを読んだり、宿題をしたり、手紙を書いたりする。ランプとビーカーでココアを作ったりもする。

部屋は汚れてる。窓ごしの光の中で、ほこりがきらきらしたりするし、すきま風も吹くけれど、ここにいると、体がのんびりするんだ。

眠っていた子猫が目をさましたのか、胸のところでもぞもぞ動いた。くすぐったい。

「待っててね。今、あったかくしてあげるから」

木ばこの中に、わたしはいろんなものを入れていた。その中に、たしか、使いすてのカイロがあったはず。ドロップのかんの横に、ほらあった。

わたしはカイロをふった。

毛布の中に子猫をくるんで、そのそばにおこうとして、考えた。

あつすぎるかも。やけどしないかなあ?

ちょっと考えて、靴下をぬいだ。右と左と二重にくるんで、子猫のそばにおいた。子猫はあったかそうに、カイロのほうに体をよせていった。

小さな手で体をひっぱるみたいにして、動く。

「そうだよね、まだ、歩けないんだよね」

赤ちゃん猫には、においをかぐ能力と、腕の力だけしかないって、猫の本に書いてあった。立てないし、閉じたままの目は見えない。ふせたままの耳もまだ聞こえないんだって。

子猫が、ふいに、また鳴きはじめた。

「もしかしたら、おなかがすいたのかな？」

わたしは子猫をおいて、商店街のはずれのホームセンターにいった。

そこに子猫用のこなミルクが売ってるのは、前に見て知っていた。

こなミルクは、千二百七十円。猫用のほ乳瓶は、六百九十三円。合計千九百六十三円。

高いけど、お財布にはお金がある。ちょうど、ゲームソフトを買おうと思ってたところだったから。うちに帰れば貯金箱に、お年玉だって残ってる。ゲームは欲しいけど、いつかまた買うこともできる。でも、子猫は、今、わたしがミルクをあげなきゃ、死んでしまうんだ。

それからわたしは、プラスチックの水そうも買った。千円だった。子猫をこの水そうに入れよう。きっと保育器みたいであったかいよね。

わたしは隠れ家に走って帰った。

子猫は毛布にくるまって眠っていた。

わたしは、ビーカーで公園でくんできた水をわかしながら、こなミルクのかんを開けた。説明書によると、かんの中に入っているプラスチックのスプーンで、ミルクとお湯の量をはかるらしい。

あと、ほ乳瓶。〝ちくび〟っていうところに、針であなを開けることになっている。名札の安全ピンで、あなを開けてみた。

コーヒーカップでミルクを作った。こぼさないように注意して、ほ乳瓶に入れた。

「『人肌になるまでさまします』？　人間の体温くらいになるまで、さますってことなのかな？」

説明書の文章は、むずかしかった。

あたたかくて、ふにゃっとした子猫を抱き上げた。自分の心臓の音が聞こえるくらいどきどきする。わたしは、ほ乳瓶を子猫のピンク色の鼻のあたりにもっていった。子猫の鼻が、ぴくぴく動いた。目を閉じたまま、自分から口を近づけようとする。小さな手が、泳ぐみたいに動いて、ほ乳瓶をつかまえようとする。つかまえた。ちくびにすいついた。

子猫は、ミルクを飲んだ。ほっぺたを動かして、ちゅうちゅうとすった。

わたしはほっとした。力がぬけた。

そのうち子猫は、ほ乳瓶から口をはなして、首をよこにむけた。子猫のおなかは、丸くふくらんでいた。おなかいっぱいになったんだ。

「えっと、あ、そうだ、おしっこさせなきゃ……」

赤ちゃん猫は、ぬれたティッシュでおしりをこすってやらなきゃいけないんだ。たしかそう。自分ひとりじゃ、おしっこもうんちもできないんだって。

前に『猫のかいかた』で読んだとおりに、子猫のおしりをこすってみた。出た。あたたかいおしっこが、ぽたぽたゆかにおちるくらいに、しみだしてくる。うんちも出た。黄色い絵の具みたいな、くさくない、うんちだった。

おしっことうんちをかたづけて、おしりをふいてあげた。ハンカチにくるんで、カイロといっしょに水そうに入れる。水そうの中にはタオルもしいてあげた。子猫はもぞもぞして、すぐに眠った。

見ているうちに、なぜかな、泣きたくなった。

白い子猫のおなかが、すうすうと寝息をたててゆれている。

まるで、雪うさぎみたいに見えた。

この子の名前は、スノウにしよう。雪のことを英語でスノウっていうんだって、どこかで聞いたことがある。誰に聞いたかは、思い出せないけど。

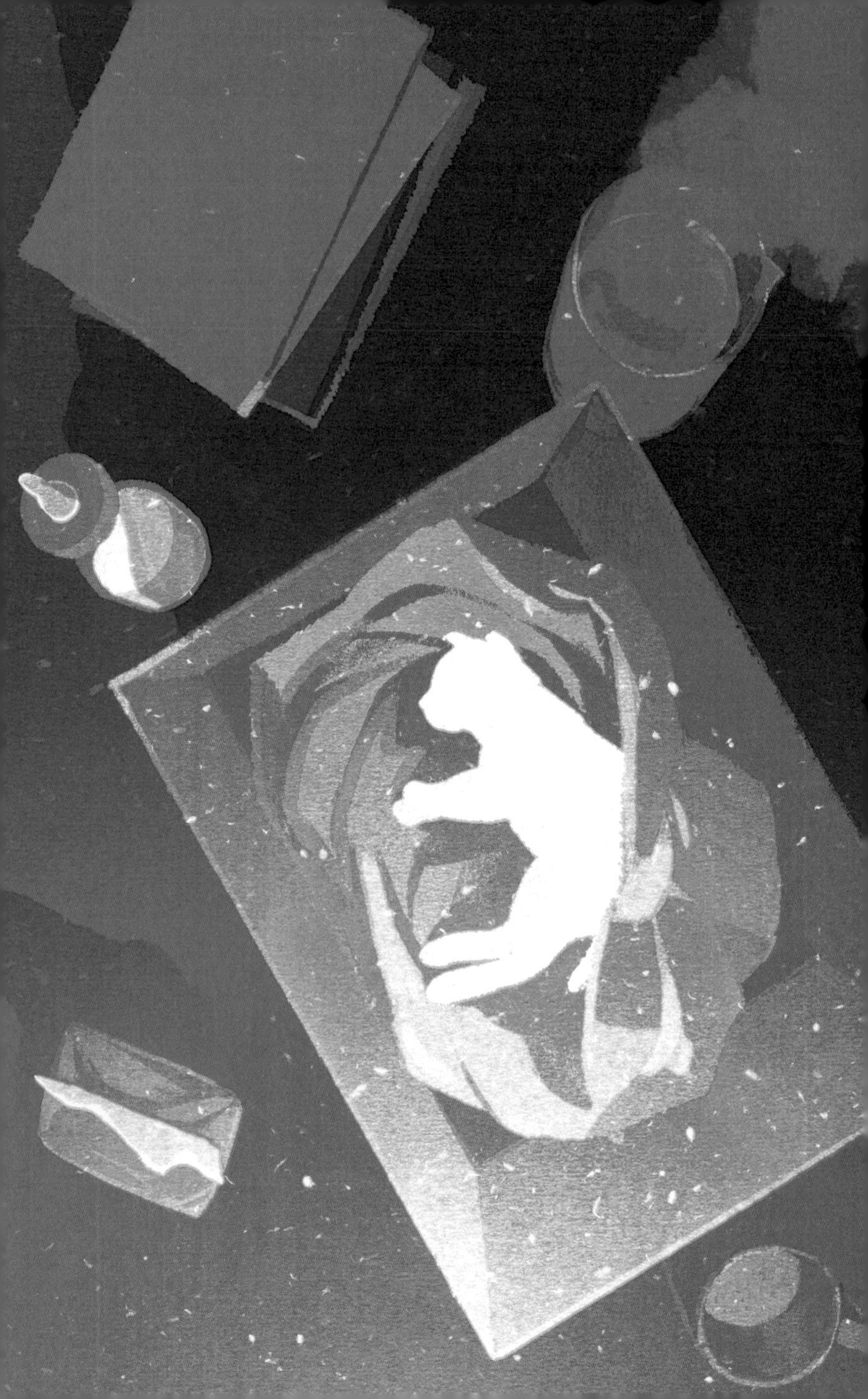

3　小さなたからもの

わたしはスノウをおいて、隠れ家を出た。

急いでうちに帰って、『猫のかいかた』を読みたかった。

もう外は、まっくらだった。はだしにじかにスニーカーをはいたから冷たかったけど、心はあったかかった。壊れそうになっていた、大切なたからものを、自分の手で守ったような気持ちがしていた。

うちについた。ママはシチューを作っていて、わたしがただいまというと、ちらっとふりかえって、おかえりといった。靴下をはいていないことに気がつかなかった。わたしはほっとして、でも、心に風がふいた。ママはわたしのことは、あんまり見てくれない。お姉ちゃんを見るのにいそがしいから。

パパだってそうだ。いつも仕事で帰りがおそくて、わたしとお姉ちゃんが寝たあとくらいの時間に帰ってくるんだけど、玄関のドアを開けたらまず、「真由子は元気か？」ってママに聞く声がする。それで子ども部屋に見にきて、寝てるお姉ちゃんを見て、ついでみたいにわたしのほうを見るんだ。

わたしが子ども部屋に帰ると、お姉ちゃんがテレビゲームをしていた。その背中が、おちこんでるみたいだった。ただいまっていうと、お姉ちゃんはふりかえらないいまま、「約束、間に合った？」

「え？　ううん。――でも、いいんだ」

心はまだちくっといたんだけれど、もう我慢できるいたみになっていた。

スノウとであえたから。

お姉ちゃんは、「ごめんね」といった。

ごはんを急いで食べ終わって、わたしは部屋で、『猫のかいかた』を読んだ。

「〝生まれたての子猫の場合、昼も夜も、だいたい、三時間おきくらいに、ミルクを飲ませましょう〟？……そんなに？」

時計を見る。さっきミルクをあげたのは、たしか、夕方の五時ごろだったから……。

「次のミルクの時間は、夜の八時だ」

その次は十一時で、その次は夜中の二時。考えると気が遠くなった。

生まれたての赤ちゃん猫をそだてるのって、たいへんなことだったんだ。

とにかくいかなきゃ。もう八時になる。

わたしはママに、「コンビニいくから」っていって、家を出た。

ダッシュで隠れ家にいく。キャンドルに火をともす。スノウは、ひとりで手足を動かしていた。おなかがすいていたのかもしれない。

わたしはミルクを作り、スノウに飲ませてあげながら、腕時計を見た。い

くら、ママがわたしのことにはあまりこだわらないっていっても、次のミルクの時間の十一時までここにいたら心配するだろう。十一時のミルク、そのあとの夜中の二時、それから朝五時のミルクは、どうしたらいいの？

「わたしがそだてるのは、むりなのかなあ？」

でも、あずける人を見つけるのもむりだ。この間、近所の人が、ひろった子猫をかってくれる人を探してたのを知ってる。だけどもらってくれる人が見つからないうちに、子猫は死んじゃったんだ。

わたしはスノウを抱きしめた。あったかかった。ミルクを飲むごとに、のどが動く。手が、空気をもみもみする。心臓が、小さくはやく動いてる。

死ぬっていうのは、これが冷たくなって、動かなくなることなんだな、って、思った。

少し前、お姉ちゃんが、「死ぬなんて怖くないよ。ゲームをリセットするのと同じだもん」って、わたしにいったことがあった。

「真実、あのね、命はなんどでも生まれ変わるから、死んでもおしまいにはならないんだよ。だからあんまりつらい人生なら、一回死んじゃったほうが、幸せになれるかもしれないんだって」

スノウも一回死んだら、今度は、寒い日に、ひとりぼっちで捨てられたりしないですむんだろうか？

でもひょっとして、スノウがそれでよくても、わたしはこのスノウが死ぬのはいやだった。

そっとうちを抜け出そうと思った。

夜中の十一時と、二時と五時に、トイレにいくふりをして。

わたしはその夜、ふとんの中で、目ざまし時計の光る文字盤を見つめながら、寝たふりをした。

十一時が近づいたころ……。

お姉ちゃんが、急に起きあがった。

「……さんぽ、いきたい。いってくる」

お姉ちゃんのぜんそくの発作は、起きそうなとき、外の空気をすうとなおることがある。お姉ちゃんは、今夜はやばそうだな、と思うと、早いうちにパパやママと、外にさんぽにでることにしていた。

わたしは急いでママを呼びにいった。パパはきのうから出張で、十日間は帰らない。居間で雑誌を見ていたママは、あわててコートをきて、子ども部屋にやってきた。青白い顔になったお姉ちゃんとママは、そうしてさんぽに出ていった。

わたしは時計を見た。十一時十分。チャンスだ。

わたしはパジャマの上にジャケットをきて、隠れ家に走った。三月の夜の

道は、暗くて、怖かったけど、走った。スノウにミルクをあげた。走って帰って、またふとんに入った。入れちがいみたいにママとお姉ちゃんが帰ってきた。わたしはいかにも寝てたみたいに、「おかえり」っていった。

ママとお姉ちゃんは、それから死んだみたいに眠った。だから、わたしが家を抜け出しても気づかなかった。わたしは夜中の二時に隠れ家にいき、朝の五時に隠れ家にいった。けっきょくその夜は、眠らなかったから、頭がふらふらしたけれど、夜明けに、すずめの声を聞きながら、スノウを抱いていると、幸せだった。スノウはやわらかで、あったかかった。かまぼこみたいに寝そべることと鳴くことしかできないスノウには、わたしのことがわかっているのかどうかわからなかったけれど、でも、ほわほわのおなかの毛の下の、さくら貝みたいなうすいほねをさわると幸せな気持ちになれた。

帰ったら、お姉ちゃんが起きていた。わたしはあせったけど、「さんぽにいってきたの」と、ごまかした。
そしてわたしは、その朝、学校にいく途中にまた隠れ家にいった。
お昼休みに学校を抜け出した。学校帰りに、走って隠れ家にいった。
それからの一週間は、ずっとそういう感じだった。
夜と真夜中に家を抜け出すのがたいへんだったけど、ママは思ってたより
さらに、わたしのことを気にしてなかったから、楽勝だった。三日目くらい
から、スリルを楽しめるようになってきた。まるで怪盗みたいだな、なんて、
思えるようになってきて。
でも、四日目の夜中。
帰ってきたら、お姉ちゃんが、ふとんの上に正座して、わたしを待ってた。
「真実、ここのとこ、夜中にどこにいってるの？」
気づいてたんだ。わたしはしらばっくれた。

「さんぽだよ。夜にひとりで町を歩くの。楽しいよ」

「うそ。どっかいってるんでしょう？　ママが知ったら、きっと、すごく、心配するよ」

わたしは急にいらついてきた。寝不足だから、よけいにそうなったんだと思う。

「心配しないよ。ママは――パパだって、お姉ちゃんさえ元気ならいいんだもん。わたしなんて、いてもいなくてもおんなじなんだもんね」

お姉ちゃんは、だまった。

わたしは、自分のふとんに入った。

ひえた体は、あたたまらなかった。

4　永遠のスノウ

お姉ちゃんがママに、わたしが夜、外に出てることを話したらこまるなあと思ったけど、お姉ちゃんは、だまっていてくれたみたいだった。

でもあれ以来、お姉ちゃんの顔がまともにみられなくなってしまった。

わたしはかぜをひいた。そんなものめったにひかないのに、やっぱり無理がかさなっていたのだと思う。

でも、スノウのところにいくのをやめるわけにはいかない。

だって、赤ちゃん猫のスノウは、ひとりではミルクが飲めない。おしっこもうんちもできない。体温の調節もできないから、一日に一度、二十四時間の使い捨てカイロを新しいのにとりかえてもらわなければ、寒さで死んでしまう。わたしがいなければ、スノウは生きていけないんだ。わたしは、

「ちょっとかぜぎみなの。おくすりある？」

なんて、明るくママにいって、

「真実がかぜひくなんて、めずらしいわね」

って、かぜぐすりをもらって飲んでいた。

それでなんとか、がんばってた。「ねつは？」ってきいておでこにのばしてくるママの手からにげて。

でもお姉ちゃんは、ママみたいにごまかされてはくれなかった。スノウをひろってから、七日目の夜、十一時に外に出ようとしたら、ふとんの中から、

「いいかげんにしなさいよ。ねつ、あるんでしょ」

「ないもん。わたし、元気だもん」

むりにそういうと、お姉ちゃんは体をおこした。

「真実、あんたがどこかに、なにか大事な用があるのは知ってる。わかって

るよ。きょうだいだもの。でもね、体は大事にして。お願いだから」

うす暗い部屋の中で、お姉ちゃんの顔は見えないけれど、こっちを見上げているのはわかった。

お姉ちゃんは、優しい声で、いった。

「こまったことがあるのなら、わたしに話して。できるだけのことはする。約束するから。わたしは、真実のお姉ちゃんなんだからね」

スノウを抱いたときみたいな、あったかい気持ちになった。なつかしかった。小さいころにも、同じことをいわれたことがあるような気がした。

ずっと前、お姉ちゃんのぜんそくが今ほどひどくなかったころ、お姉ちゃんは絵本をわたしに読んでくれてたっけ。……思い出した。その中に『子猫のスノウのお話』があったんだ。雪みたいに真っ白な子猫のお話。パパとママがわたしたちにクリスマスにくれた絵本だった。

わたしはその絵本が、大好きだった。お姉ちゃんの声も好きだった。くっついて絵本を見てる、肩のあったかさも。

いっしゅん、スノウのことを話そうかと思った。でも、そうしたらきっと、お姉ちゃんは、自分が代わりにミルクをあげにいくって、いいだすだろう。猫が好きなのは、お姉ちゃんも同じなんだから。でもお姉ちゃんに夜道を走らせるわけにはいかない。子猫の世話をさせることなんてできないよ。

口の中で「ありがとう」をいって、わたしはそっとうちを出た。

隠れ家でスノウを抱き上げて、ミルクを飲ませながら、お姉ちゃんの話をした。いつかスノウにあわせてあげたいな、と思った。

「小児ぜんそくはね、大きくなったらほとんどがなおるんだって。そしたらあえるね。でもそのころには、スノウも大きくなってるんだろうね」

スノウは毎日、大きく、重くなる。

『猫のかいかた』によると、ミルクはもう三時間おきじゃなくてもだいじょうぶみたいだった。これからは世話をするのも少しは楽になりそうだ。

「あれ？」とわたしは、スノウの顔をのぞきこんだ。

閉じていた目が、ひらきかけている。

「スノウ、おまえ……見えるようになるの？」

さけんだとき、ふせたままの耳が動いた。

「聞こえるの？　わたしの声？」

耳がはっきりと動いて、小さな顔が、こっちをむいた。

わたしはスノウを抱きしめて、ほこりっぽいにおいの体に顔をうずめた。


その夜、うちに帰ってから、ねつがあがった。真夜中にもう一度隠れ家にいこうと思っていたのに、起きあがることができなかった。お姉ちゃんが、かぜぐすりを飲ませてくれたけど、よくならない。

スノウはもう大きくなったからだいじょうぶ。少しくらいはおなかがすいても……そう思って、わたしは眠った。少しだけ。そしたらいくんだ。

でも気がついたら、もう朝になっていた。わたしは、ぼんやりと天井を見て、そして、はっとした。カイロをかえてあげていたっけ？　まだあったかいから夜中にかえればいいやって、そのままにしていたような気がする。

胸がどきどきした。起きあがろうとすると、ひどいめまいがして、立ちあがれなかった。

「どうしたの？」と、お姉ちゃんがきいた。

お姉ちゃんは、ふとんをくっつけて寝てくれていた。顔が、すぐそばにあった。かぜがうつるとつらくなるのに。

「お姉ちゃん、スノウが、死んじゃうよ」

わけを話したら、お姉ちゃんはパジャマの上にカーディガンをはおって、走って、家を出ていった。

お姉ちゃんは風みたいに帰ってきた。スノウを抱きしめて、わたしのそばに座った。冷たい外の空気のせいで、せきがでそうになってるのをこらえて、でも、スノウを強く抱いていた。たからものをわたすみたいに、わたしにわたしてくれた。

目を閉じていたスノウは、わたしの手に抱かれると、のどを鳴らした。青い目を開けて、わたしの顔をじいっと見た。

一声、鳴いた。それっきり、スノウは死んだ。

気がつくと、家族みんなが、わたしのふとんのまわりにいて、顔をのぞきこんでいた。

「……あれ、パパ、出張じゃないの？」

パパから、おでこをこつんとたたかれた。

「いつも元気なおまえがめずらしくねつなんか出すから、仕事なんてほうりだして、むりやり帰ってきたんじゃないか」

おみやげのアイスクリームを、わたしのほっぺたにくっつけた。ひやっとして、気持ちよかった。

ママが、目を赤く泣きはらして、いった。

「猫ちゃんは、お花といっしょに箱に入れて、お庭にうめたから。ごめんね。ママ、真実がいっしょうけんめいだったってこと、気がついてあげられなくて。お姉ちゃんから聞いたわ。たいへんだったわね。えらかったわ、真実」

「……おこらないの？」

「おこるよりさきに、真実が、かわいそうで」

ママは、つっぷして泣いてしまった。

しょうがないなあ、と、わたしは笑った。

パパのことも、ママのことも、わたしは大好きだと思った。ずうっと前から、大好きだったって思った。そして――。

お姉ちゃんが、わたしの手をにぎった。わたしの顔を、見つめた。

「真実。わたし、あんたのこと大好きよ。きっとあの子猫も、スノウも、あんたのこと、大好きだったって思う。だから……だからね……」

あとは泣いちゃって、言葉にならなかった。


夢を見た。わたしは空気がゆらぐくらい、暑い砂漠にいた。

ねつが高いからこんな夢を見るんだな、って、自分でわかってた。

いきがくるしくて、暑いのに寒くて、気持ち悪かった。死んじゃうかもし

れないって思うと、すごく怖くなった。さみしくて悲しくなった。

命は永遠かもしれないけど、生まれ変わりってひょっとしてあるのかもしれないけど、今死んだら、わたしは今の家族とはバイバイなんだ。

二度とあえないんだ。みんなと。

夢の中で、わたしは泣いた。

気がついたら、足元にスノウがいた。

スノウはもっと大きくなっていて、自分の足で砂漠に立っていた。

そうして、白い頭を、わたしの足にそっとこすりつけた。

スノウがさわったところから、体がひえて、すうっとなった。パパのおみやげのアイスクリームをくっつけたみたいに。

抱き上げると、体じゅうからねつがひいていった。いきが、楽になった。

わたしは、スノウを抱きしめた。

「スノウ、スノウ、ありがとう」

青い目で、スノウはわたしを見上げた。

『ありがとう』といった。ちっちゃい子どもの、かわいい声だった。

『ミルク、おいしかった。カイロ、あったかかった。愛を、いっぱい、ありがとう。そして、さようなら』

スノウは顔をあげて、空を見た。砂漠の空は、いつか、夜の星空になっていた。

『あそこにいくの。でもまた、帰るから』

雪うさぎがとけるように、スノウの体は腕の中で、とけていった。

いなくなった。いなくなってしまった。

空から星がふってきた。ちがう、
雪だった。

目をさますと、子ども部屋の窓の外にも雪がふっていた。
春の、優しい白い雪。スノウの体とおんなじ色の、雪だった。
雪は、ふわふわと、ふわふわと、町にふりつづけた。

Night for
Five Thousand
Years

五千年ぶんの夜

わたしは今日、知らない街で、ひとりぼっちになった。

迷子とかそういうのじゃない。

引っ越してきたばかりの街で、パパが急に遠くに単身赴任することになったと思ったら、ママが倒れて、入院することになったんだ。

ママの病気は重くはないそうだ。

パパは明日には飛行機に乗って、帰ってきてくれる。

それがわかっていても、わたしはさっきパパと電話で話しながら、泣いてしまった。

ママの病気は引っ越し疲れとこの夏の暑さのせい、だから心配はいらないよってパパは笑っていったけど、でも、ほんとは重くって、死んじゃうんじゃないだろうか。もう二度と会えないんじゃ。

今ひとりのマンションで、床に座って窓の外を見ると、真夏のまぶしい空

を飛行機がよぎっていく。

もうじき夏休みに入ってすぐのわたしの誕生日には、ママと飛行機に乗って、パパの街にいこうねって約束してた。「誕生日のプレゼントは何がいいか考えていてね」ってママはいってたのに。笑顔でいってたのに。

新しいマンションの窓は防音ガラスで、飛行機の音はしない。前まで住んでいた古い社宅と違って、他の部屋の人たちの声も足音も、外の街の音も聞こえない。しんとしている。

わたしはテレビをつけた。夕方のニュースの時間だ。人の声がしてほっとしたけれど、画面に映った外国のどこかの街で、異常気象による熱波で人がたくさん死んだって……。わたしはテレビを消した。

パパとママが前にいっていたのを思い出した。「このままだと地球は滅びちゃうね」って。異常気象がつづくのは、人間が文化的な暮らしをしていたら、どうしてもそうなっちゃうんだって。「人間の文明が地球を滅ぼすのかな」って、パパは悲しそうにいっていた。

部屋は静かだった。まるでもう人間がみんな死んで、世界が滅びたあとみたいに。

ひとりの部屋は怖かった。心が凍りそうだった。

わたしは気がつくと、前に住んでいた社宅のそばにいっていた。夕方の街を歩いてたったの十数分。近いはずなのに、もう遠い場所。その社宅は、もう取り壊されていた。つい数ヶ月前まで、ここにたくさんの家族が暮らしていたのに。塀のあとだけ残して、もう何も残っていない。だあれもいない。

夕方なのに、いつまでも暑かった。セミの声もしない。異常気象のせいで、セミも死んじゃったのかもしれない。いつか人類が滅びて、他の生き物もみんな死んじゃったら、地球はこんなふうに静かになるのかな……。

ふと、目のはしに段ボール箱がうつった。かすかな声が聞こえる。子猫だった。小さな白い猫がいて、ふるえながらわたしを見上げた。

子猫はかわいかった。ひとりぼっちで、そしてやせていた。

わたしは迷いながら子猫を抱き上げた。

とても軽かった。なのにあたたかくて、ごろごろ鳴る喉の音は大きかった。抱きしめると、心臓の音がした。すうっすうっと呼吸の音もした。

生きてるんだ、とわたしは思った。


わたしは子猫を抱いて家に帰った。パパやママにしかられるかもしれないと思ったけど、この子が死ぬのを見るのはいやだと思った。急いでパソコンの電源を入れた。この子を助ける方法をわたしは知らなかったから。

わたしは猫の飼い方のサイトを次々に探して読んだ。この子が生後一ヶ月半くらいの子猫だってわかった。だったらコンビニに売っているペットフードを食べられる。ええとあとトイレも準備して。その前にまず水。

わたしはお皿に水をくんで、床においた子猫に見せてみた。

どきどきした。飲んでくれるだろうか？

子猫はいっしょうけんめいに水を飲んだ。舌が動くのがかわいかった。

わたしは待っててね、と子猫に声をかけて、コンビニに走った。猫缶と猫のトイレの砂を買ってきた。砂は小さい袋でも、とんでもなく重かったけれど、楽しかった。玄関を開けると、子猫がかけよってきて鳴いた。

「待っててくれたの？　ありがとう」

わたしは、お皿に猫缶を開けて、はい、と子猫の前に出した。子猫は嬉しそうににゃあと鳴いて、すごい勢いでお魚の缶詰を食べた。とってもおなかがすいていたんだな、とわたしは思った。よかったなあ、と思った。

窓の外がいつのまにかたそがれ色になっていた。わたしも昼と夜のご飯を食べていなかったのを思い出した。冷蔵庫からジュースとバナナをもってきて、子猫が食べているそばの床に座って食べた。なんだか楽しかった。

気がつくと、暗い部屋で、パソコンの画面だけが明るかった。部屋の電気をつけるのも忘れていたんだ。でも、怖くなかった。部屋の空気が優しい。小さなこの子がいるだけで、部屋に明かりが灯ったように、安心できた。

食べ終わると、子猫はきちんと顔を洗った。そしてわたしのひざにあがると、もう一度わたしの顔を見上げて鳴いて、丸くなって眠った。

ありがとうっていったんだと思った。

わたしは子猫を抱いて立ちあがり、ひざにのせたまま、そっとパソコンの前のいすに座った。この子のことがもっと知りたいと思った。

猫についてのサイトやブログはたくさんあった。日本中の猫が好きな人た

ちが、それぞれ楽しそうに、そして真剣に、いろんなことを書いていた。

猫は人間と同じような感情をもっているんだって書いてあった。小さな子どもくらいに考えることもできるんだって。わたしは寝ている子猫を見つめた。誰もいない空き地に捨てられていたこの子は、じゃあいろんなことを考えていたんだな。……ママとお別れになって、知らない場所にひとりぼっちになって、おなかがすいて、暑くて。わたしは子猫をそっとなでた。涙が流れた。どれくらいのあいだ、この子はひとりぼっちだったんだろう。

「ひとりは怖かったよね。不安だったよね」

そうつぶやいたら、子猫は目を開けた。もう一度鳴いて、わたしの胸に顔をこすりつけた。今度のにゃあは、大好き、だと思った。

わたしも子猫をそっと抱きしめた。もうすっかり夜になって部屋も窓の外も暗かったけれど、この子がいると怖くなかった。

なぜなんだろう。寝ている顔を見て、のどの鳴る音を聞いていると、だいじょうぶな気持ちがしてくる。ママの病気は本当にたいしたことがない、心配することは何もないんだって。

わたしはパソコンの画面を見つづけた。あるサイトには、こんなことが書いてあった。猫が人と暮らしはじめたのは、もう五千年も前からのこと。遠い昔のエジプトで、人類が農業をはじめたころに、倉庫を荒らすねずみたちを目当てに猫たちが集まるようになった。それは人間にはとてもありがたいことだった。そしていつのまにか、猫は人の家でいっしょに暮らすようになっていったんだって。最初は、人間も猫も、そばで暮らしていた方がおたがいに便利だから、それくらいの理由で近くにいた。でも、いつのころからか、友達として、家族として、愛しあって暮らすようになったんだって。

『昔、猫は森や砂漠で幸せに暮らしていました。でも人間と暮らすために故郷を捨てたのです。それより前に人と暮らしていた犬とともに、猫は人間の友達になる道を選びました。人の家で、それぞれの仕事をしながら、人と食べ物をわけあい、いっしょに眠り、愛し愛されて、時を過ごすようになったのです。犬も猫も、もう野生の生き物ではありません。人の家が彼らの故郷になりました。猫と犬は、長い人間の歴史を、いっしょに生きてくれる、大事な友達で家族になったのです』

わたしは、子猫の背中をなでた。五千年もの長い時間、世界中でたくさんの猫たちが、こんなふうにひざで眠ったんだろうな。

そのうちに思った。世界中にたくさん猫が好きな人がいて、その人たちに大事にされている猫たちがいる。わたしみたいに今ひざに猫を寝せている人も、同じこの瞬間に、地上にたくさんいるんだろうなって。

それはなんだか楽しくて、どきどきする想像だった。

『猫が寝ているすがたを見たり、のどを鳴らす音を聞くとほっとするのは、家にいる猫がそういう状態の時は、近くに敵はいない、怖ろしいことは起きないと、人の遺伝子が知って記憶して、伝えているからかもしれません』

わたしはうなずいた。うん。きっとそう。わたしの中に伝えられているご先祖さまの記憶が、猫の言葉の意味を覚えている。パソコンにもともと入っているソフトみたいに。――猫とのつきあい方は、遺伝子が知ってる？

そう思うと、どきどきが止まらなかった。

だって、まるで、魔法みたいなことだもの。

それからわたしは、異常気象について調べた。たしかに今の地球は、温暖化や酸性雨のせいで、命に優しくない場所に変わろうとしているけれど、地球を救おうと研究している人たちがたくさんいることもわかった。地球にいるひとりひとりがみんなで努力すれば、地球を守れるに違いないってことも。

「ああ、じゃあ地球はきっと滅びないんだ……」

人間も、猫もセミも、みんなみんなこのまま生きつづけていくことができるんだ、きっと。

そのとき、わたしはふと気づいた。

「文明って、悪いことばかりじゃないじゃん」

文明があるから、パソコンがあってインターネットで調べ物ができるから、わたしはこの子を助けることができた。そして今、地球温暖化について調べることだってできた。

「文明には、人や他の生き物を幸せにして、地球を守ることだってできるんだ、きっと」

窓の外に、丸い月が昇っていた。

猫の目みたいな金色の光がこちらを見ていた。

さっきサイトで読んで知ったけれど、昔々、五千年前の人間にはあの月は神話の世界だった。でも今の人間は、月まで飛んでいく。五千年というのはそれくらいの長さ。その長さを、月が地上を照らすように、猫たちはじっと人間を見つめて、いっしょに暮らしてきてくれていたんだ。

そしてきっと、これからの未来も。

光に起こされたように、子猫が目を開いた。

「いっしょに生きていこうね、この家で」

パパとママにお願いしようと思った。

お誕生日のプレゼントはこの子がいいいって。

わたしは子猫といっしょに、月を見た。

人間は、きっとときどき間違ったり迷ったりしながら、でも、地上を幸せにしていく。文明の力で。

不安になったりさみしくなることもあるだろうけど、人間は孤独じゃない。
猫たちが、そばにいてくれる。五千年ぶんの夜、そうしてくれたみたいに。
人間を愛して、そばにいて、見捨てずにいてくれる。
部屋は、月の光とパソコンの画面の光に守られ、包まれていた。
静かな優しい光が部屋いっぱいに、光る水のように、満ちていた。

The Promise in Spring

春の約束

みいこはママといっしょに、ひさしぶりで、おばあちゃんのおうちにいきました。

春休みのことです。

おばあちゃんの家は、みいこの家からはとても遠い町にあるので、そんなにいつもはいけないのでした。何年かに一回、それくらいじゃないといけないようなところです。飛行機と電車と船を乗りついでゆきます。

「ただいま」

ママが玄関の扉をがらがらと開けて、家の中に声をかけると、おばあちゃんが、「お帰り」といいながら、スリッパをぱたぱた鳴らしてむかえに来てくれました。

「ただいま、おばあちゃん」

みいこがママのとなりで、少してれながらいうと、おばあちゃんは、にっ

こりと笑って、みいこの頭をなでてくれました。

「ふわふわのすてきな髪が、とってもかわいいねえ」

おばあちゃんは、前にも、みいこの茶色いくせっ毛をかわいいとほめてくれました。

おばあちゃんもママも、パパだって黒くてまっすぐな髪なのに、みいこだけ、ふんわりしたくせのある髪なのでした。

こういう髪のことを、「猫っ毛」というのだと、前にママに教えてもらったことがあります。かわいい感じがして、みいこは、その言葉も、自分の髪も大好きでした。


みいこはおばあちゃんの家が大好きでした。古くて天井が高いところも、庭から土や緑のにおいがするところも。なんだかなつかしいような気持ちが

して、好きなのでした。

みいこの家は、大きな都会の中にある、背の高いマンションです。土も緑もベランダや公園にしかありません。

春の日が降りそそぐ古い縁側で、おばあちゃんとママと三人で、お茶を飲みながら、おせんべいを食べていると、ほっこりしました。

「ほっこり」ってたぶんこういうときにつかう言葉なんだろうなと、みいこは思うのです。

あったかくって、おだやかな気分で、そしてやっぱりどこかなつかしいような、そんな感じ。ずうっと昔から、ここでこうしていたような気持ちになるような、楽しい気持ち。このまま丸くなって、ママのおひざで、お昼寝したくなるような、そんな気持ちです。

ママとおばあちゃんのおとなどうしのお話を聞きながら、みいこは空を見

上げました。

空に桜の花びらが、ひらひらと小鳥の羽のように舞っています。

おばあちゃんの家の庭には、古くて大きな桜の木があります。雲のように満開になった、その木から花びらが散っているのでした。

大きな桜の木です。みいこが生まれる前、それどころか、みいこのママが子どものころから咲いていた桜の木だという話でした。

縁側で、こんなふうに花びらを見つめつづけていたことが、前にもあったような気がしました。みいこが生まれたころ、まだ赤ちゃんだったころに、ママといっしょにこの家で暮らしたことがあるらしいので、赤ちゃんの時に見ていたのかな、と、みいこは思いました。

みいこは春の、桜のころの生まれです。

ふとみいこはおせんべいを食べる手を止めました。桜の木の根元に、いつのまにか三毛猫がいます。病気なのか、それともずいぶん年寄りなのか、毛並みは汚れて、かわいそうなほどにやせていました。

けれどその猫は、とてもきれいな金色の目をしていました。みいこのことを見つめています。透きとおるような、優しい目でした。

「あら、猫」

そのとき、ママが声を上げました。

「どうしたのかしら、かわいそうに」

ママは、もう庭に降りて、猫のそばにしゃがみこみ、頭をなでてあげていました。

猫はうれしそうに目を細めました。

みいこがママのとなりにしゃがみこむと、猫は、みいこのひざのあたりに、

そっと頭をこすりつけました。あたたかな頭でした。

みいこはおそるおそる手を伸ばし、猫の汚れた頭をなでました。猫はのどを鳴らしながら、みいこの手をなめました。とても優しいなめかたで、みいこはそのとき、前にもこんなことがあったような気がしたのでした。

なんだかふしぎな感じがしました。猫なんてペットショップでしか見たことがないはずなのに。

「おなかすかせているのかねえ」

おばあちゃんが台所から、なにかをお皿に盛ってもってきました。いいにおいです。

「だしをとるのにつかったあとの、かつお節だけれど。食べてくれるかねえ」

三毛猫は、ぬれたかつお節のにおいをかいで、少しだけなめると、人間たちの顔を、ありがとう、というように見回しました。

「この子、ミケちゃんににてるわ」

ママがつぶやきました。

「そういえば、そうだねえ。でもあれはずいぶん昔のことだから、同じ猫じゃないだろう。ミケちゃんは、もうずっと昔に、どこかで死んだのではないかねえ」

おばあちゃんはうなずきました。そして、

「どれなにかもっと栄養になる、おいしいものがないか、台所で探してきてあげようね」

そういうと、お部屋に上がってゆきました。

みいこは、ママにたずねました。

「ミケちゃんって？」

ママが、優しい表情でこたえました。

「昔、このお庭に来ていた、野良猫さんよ。おかあさん猫で、かわいい子猫を一匹つれてたの。ママの大事なお友達だったわ」

「猫なのに、友達だったの？」

「うん」ママはうなずきました。

「そのころママはおなかの中にいた赤ちゃんが死んでしまってね——ええ、そうよ。いつもお話ししている、みいこのお姉さんになるはずだった、赤ちゃんね。そしてママのおなかにはもう二度と赤ちゃんはやってこないかもしれない、って、お医者様にいわれたの。

ママは病気になってしまって、この家で、毎日泣いていたの。そんなとき、三毛猫のミケちゃんが小さな三毛の子猫をつれて、お庭に遊びに来てくれたのね。この縁側でひなたぼっこしながら、子猫とお昼寝したり、なめてあげたり、おっぱいをあげたりして。

その様子を見ていたら、ママ、少しだけ笑えるようになったの。ミケちゃんも、ママの悲しい気持ちがわかるのか、泣いているとなぐさめるみたいに、そばにきてくれてね。子猫もママになついてくれて、かわいかったなあ。ミケちゃんも子猫も、このままうちの猫になればいいのに、って思いながら、ママ、かわいがっていたの」

ママは急に涙ぐみました。

「でもね。ある日、子猫が死んでしまってね」

「どうして？」

「どうしてだったのかしらねえ。その日、ミケちゃんが、この庭に子猫をくわえてきたときは、子猫は、もうぐったりしていたの。

おうちのない猫たちは、猫がきらいな人にいじめられることもあるし、車にひかれることもある。病気になってしまうことも、ごはんやお水がたりな

いこともあるでしょう。

本当のことはわからない。ただ子猫はその桜の木の下で死んでしまってね。ミケちゃんはいつまでも子猫をなめてあげながら、ずっとそのそばに座っていたの。ママも泣きながら、そのそばにいてあげたわ。

桜の花びらが風に散ってねえ。寒い日だった」

ママは、涙ぐんで、桜の花を見上げました。

「子猫のためにそこにお墓を作ったの。桜の木の下に、ほら石があるでしょう？　あそこ」

ママが指さすと、やせた三毛猫もそちらを見たようでした。

桜の花びらが舞い降りる下に、小さな丸い石がありました。

「子猫が寒くないように、ママの赤ちゃんのためにようい していた靴下でくるんで、ふわふわのよだれかけに寝せて、うめてあげたのよ。

そうして、ミケちゃんとふたりで子猫のお葬式をしたの。
そのときママ泣きながら、子猫にいったの。今度生まれてくるときには、幸せな、人間の女の子に生まれてきなさいね、って。そしたらこんなに寒い日に、お庭でひとりで眠らなくてもすむからねって」

みいこは、丸い石を見つめました。

そのときふと、とても寒いような気がしました。春の日差しの中にいるはずなのに、冷たくて暗い場所にいて、ママの声を聞いているような気がしたのです。真っ暗な中に、光のように、桜の花びらだけが見えていました。

「ふしぎなことがあってね」

ママの声が遠くで聞こえました。

「そのとき、ミケちゃんがいったような気がするの。優しい優しい人間の声で。『今度は人間に生まれておいで。かわいい女の子に。おうちのない猫

じゃなく。そして幸せになり』」

「猫がいったの？」

「そう。ママにはたしかにそうきこえたわ」

ママはふしぎな表情で笑いました。

「でもあの日は風が強い日だったから、風の音を聞き間違えたのかも知れないわね。桜の花や枝が風に鳴る音だったのかも。

それきり、ミケちゃんはお庭に来なくなったの。

夏が始まるころ、ママはいつのまにか元気になって、パパのところに帰ったの。帰ってすぐに、おなかに赤ちゃんがいることに気づいたの。奇跡みたいだと思ったわ。――それが」

「わたし？」

ママはうなずきました。そうして、みいこを子猫をなでるようになでてく

れました。

その手の優しさがみいこはなつかしいような気持ちがしました。

ママの手だから、というよりも、もっと昔から知っていた手のような。

あたたかくて、よいにおいの手でした。

そのとき、やせた三毛猫が、そっとみいこのそばにきました。

そして小さな声で、でもはっきりと、みいこにささやいたのです。

『幸せにおなり』

吹きすぎた春の風が、桜の花を散らしました。それがあんまりきれいで、

そしてなつかしくて、みいこはいっしゅん、みとれました。

そうして、気がつくと。

あのやせた三毛猫は、お庭のどこにもいなかったのでした。

The Promised Cat

約束の猫

雪が降る寒い日、捨てられた、白い子猫がいました。

子猫は世界にひとりぼっちで、寒くて、おなかもすいていました。

そんな子猫に手をさしのべ、抱き上げてくれた若いお兄さんがいました。

「もうだいじょうぶ。おまえは今日から俺の家族だ。俺のことはお父さんだと思っていいからな」

子猫には頭に星の形の黒いぶちがありました。

「お父さん」は、子猫に「星子」という名前をつけてくれました。

「お父さん」は子どもの頃に両親と死に別れていて、星子と同じにひとりぼっちだったのだといいました。でもその日から、星子と「お父さん」はひとりぼっちではなくなったのです。あたたかくて楽しい日々が始まりました。

さて、「お父さん」には素敵な恋人がいました。その人も猫が好きで、星子のことをかわいがってくれました。ある日、「お父さん」が、その人に、「なあ、星子の『お母さん』になってくれないか」といいました。恋人は、「わたしお母さんよりお姉さんがいいなあ」と笑っていいました。

そんなある日、「お父さん」の体に悪い病気が見つかって、とてもとてもむずかしい手術を受けなくてはいけなくなったのです。

真夜中に「お父さん」は、星子の前で泣きました。「ずっと家族が欲しかったんだ。星子とあの子と三人でずっと幸せに暮らしたかったんだよ」

「お父さん」の手術は成功しました。代わりのように、星子は急に死んでしまったのです。まるでその身に死をひきうけたように。

「お父さん」の夢枕に、星子が立ちました。

星子は、『お父さん』と彼を呼びました。『今までありがとう。わたし幸せだった。また戻ってくるからね』、と約束しました。

『そしたら、今度はずっとずっと幸せに暮らそうね』と。

「待ってるよ」と「お父さん」は答えました。

そして、時が流れ、クリスマスの日。
雪が降る夜に、若いお父さんとお母さんと小さな子どもが暮らす、あたたかなかわいらしい家に、一匹の子猫が訪ねてきました。
白い子猫の額には、星のかたちの黒いぶちがありました。

Postscript あとがき

猫という生きものとともに暮らして、もう三十年ほど。いまの猫で四代目になります。その瞳に見つめられ、愛らしい仕草に笑いを誘われる日々は、変わらず発見と感動のくりかえしで――というよりも、常にそばにいてくれる優しいぬくもりに、今日までの長い歴史の間、昼も夜もわたしたち人間のそばにあってくれることを、感謝するばかりです。

今回の作品群は、これまでのげみさんとの既刊二冊と同じく、子ども向けの作品として過去に書いてきた短編と中編、そして書き下ろしの一編で構成されています。猫をテーマにと発案し、作品を選び、編んでくれたのはこれまでと同じく、立東舎のKさんです。今回も美しい本をありがとうございました。そしてげみさん。猫たちと人間たちの表情、ドラマチックな背景に見とれました。改めて幸福な本だと噛みしめています。美麗な装幀の根本綾子さんも、ありがとうございました。

村山早紀

村山先生との挿絵本は三冊目になりました。

今回は猫盛りだくさんの短編集です。猫の絵を描くことは何度もありましたが、子猫をここまで描いたことはほどんどありませんでした。私の実家でも猫を飼っているのですが、大学で一人暮らしをしていた時期にやってきたので、子猫の時期を一緒に過ごすことも無かったです。

でも村山先生の作品からは子猫の可愛さが溢れていて「きっとこんな感じなんだろうな」と、まるで子猫を膝に抱きながら絵を描いているような暖かい感覚がしていました。

改めて小説というものは自分の知らない人生や体験を、感じさせてくれるものなんだなと実感しました。

今回描かせて頂いたイラストレーションはあくまでも僕が読んで見てきた世界です。

読者の方の世界とは全く違った景色かもしれませんが、どうか楽しんで頂けると嬉しいです。

げみ

村山早紀（むらやま・さき）

1963年長崎県生まれ。『ちいさいえりちゃん』で毎日童話新人賞最優秀賞、第4回椋鳩十児童文学賞を受賞。『シェーラひめのぼうけん』、『砂漠の歌姫』『はるかな空の東』、『コンビニたそがれ堂』シリーズ、『ルリユール』、『カフェかもめ亭』、『海馬亭通信』、『花咲家の人々』、『竜宮ホテル』、『かなりや荘浪漫』、『星をつなぐ手』、『魔女たちは眠りを守る』、『心にいつも猫をかかえて』、本屋大賞にノミネートされ話題となった『桜風堂ものがたり』、『百貨の魔法』など、著書多数。

げみ

1989年兵庫県三田市生まれ。京都造形芸術大学美術工芸学科日本画コース卒業後、イラストレーターとして作家活動を開始。数多くの書籍の装画を担当し、幅広い世代から支持を得ている。著書に『夜の隙間に積もる雨』、『月夜とめがね』（小川未明+げみ）、『蜜柑』（芥川龍之介+げみ）、『檸檬』（梶井基次郎+げみ）、『げみ作品集』がある。

約 束 の 猫

2020年11月19日　第1版1刷発行

著者　村山 早紀
イラスト　げみ

発行人　古森 優
編集長　山口 一光
デザイン　根本 綾子（Karon）
担当編集　切刀 匠
発行　立東舎

印刷・製本　株式会社廣済堂